シャロームを探して

杉浦 翠
SUGIURA Midori

文芸社

目次

周(あまね)の場合　I

　今日は、風が強いようだ。空に浮かぶ雲が目まぐるしく形を変えていく様子を静かに見ていた周は思った。「まるで僕の生き方のようだな」と。

　自分が男の人しか好きになれないとはっきり自覚したのはまだ中学生の時だった。校庭を駆けるサッカー部の上級生の姿を目で追いかけ、胸を焦がし、その男性(ひと)を思って夜になると夢精を繰り返した。その感情は他の人とは違うもので自分の心のうちに仕舞っておかなければならないとまだ子どもの自分でも分かっていた。一時的なものだと自分自身に言い聞かせてはみたが、いつも心を躍らせる存在は男性ばかりだった。いつしかはっきりと自分の性の対象は男性なのだと分かってしまった。そしてその感情にはあえて目をつぶって長い時間を過ごしてきた。

　大学生の時、圭子と出会い普通の男性のように振る舞って結婚した。そして自分の本性をひた隠しにしたままの結婚生活の中で子どもも授かり、自分の家族というものを作った。

他の人から見れば、ごくごく普通の幸せな家族に見えただろう。妻となった女性は人間として尊敬できる存在で、子どもは何しろかわいかった。その小さな手を広げて「パパ！　パパ！」と言いながら自分を求めてくる我が子の様子を見て、自分の血がこの子の中に流れているのかと思うと深い感動を覚えた。

ただ、そんな満たされた時間をいくら重ねてみても、いつも心の中はカサカサと耳元で音が聞こえるように乾いていた。とにかく何となく言葉ではうまく説明できない。

人間として素晴らしい妻との性的接触は、いつも苦しさの連続だった。夫としての義務の遂行は、この人を裏切っているという心苦しさと自分自身をもだましていると いう慟哭にも似た深い悲しみがいつも心いっぱいに広がっていた。夫婦としての交わりの後、周は隣ですやすやと眠る妻の顔を悲しさで見られなくなることがたびたびあった。

自分が自分じゃないようないたたまれない感情が、いつもジンワリと支配していた。ニコニコ笑っているのに、もの哀しい気持ちが常に自分を襲ってくるのだ。自分は自分がどうしようもなく嫌いだと……。

そして、時が流れていつの間にか社会人としての終焉が間近に見えてきた。考えてみれば定年まであと八年。社会人の終わりまでカウントダウンに入った。亡くなった母親が周が入社した時に涙を見せて喜んでくれた誰もが知る大手メーカーでシステムエンジニアとしてこれまで真面目に生きてきた。人間の人生など本当にあっという間だ。人生の終わりの始まりが見え始めた今、心に蓋をしたまま人生を終えるのはやめにしようと、ある朝、はっきりと心がそう言っているように周は思えた。自分は自分が作った家族のために今まで一生懸命にやってきたんじゃないかと。だから、これからの残された時間は誰かのためにではなく、自分自身のために生きようと決意にも似た感情が、湧いてくるのが分かった。

まずは、一番そばにいてくれていつも社会の中で生きていく自分を明るく支えてくれていた妻、圭子に何と説明すれば良いのか？　きっと、何を言っても周の心を分かってくれるとは到底思えない。ただ、彼女を自分の人生に巻き込んでしまった。あるいは、彼女は一番の被害者なのかもしれない。今までの自分とこれからの自分について、自分の言葉で彼女に伝える必要がある。それは先の道に進むための通過儀礼のようにも思える。しかし、一体彼女に何と言って説明すれば良いのか？　周は、その日からしばらくそのことばかりを考えながら時を過ごすことになった。

圭子に長い間隠してきた秘密を打ち明けねばならないという重い宿題をいつも抱えていた周は、心がいつも重かった。

その頃、周が心の不確かさを忘れるためにふらふらと出かけた新宿の街。二丁目では男性同士が自然に肩を寄せ合い、お互いの指を絡めて楽しげに歩いている様は周の目には不思議に映った。周は、自分が実際に訪れる前は、新宿二丁目を淫靡で反社会的でアンダーグラウンドの世界だと勝手に想像していたが、実際足を踏み入れてみると、案外と雰囲気はカラッとしていて何となく文化的な香りさえした。

その時、思い切って入った小さなバーに翼（たすく）は居た。カウンターを挟んで小さな椅子が並べられていて、七人も入れば一杯になるような店だった。

テレビで聞くようなオネエ言葉を話すこともなく、店に来た常連客と思える人たちと翼本人が笑顔で会話を心から楽しんでいるように周には見えた。

「いらっしゃいませ！　あれ……お客さん初めてですよね？」

「そう。実はこの街に今日初めて来たんだ」

「そうですか。僕は翼です。ゆっくりしていってください」

そう言って周に、この店のカードを渡してくれた。そのカードには、「シャローム伊藤翼」と小さな洒落た文字で書かれていた。


その日を境に、周は翼がやっている店「シャローム」にたまに顔を見せるようになった。

「周さんって頭が固いというか、本当に考え方が古いよね。世の中はすっかり様変わりして、時代もいろいろな人たちの考え方を積極的に受け入れるようになっているんだよ。それぞれの本音の部分では違うのかもしれないけどね。他人の思いはどうでもいいとして、もっと周さんが肩の力を抜いて、せっかくもらった自分の人生を思い切り楽しまないと。あっという間に終わっちゃいますよ。人生の終わりにこんなはずじゃなかったって思うなんてナンセンスだと僕は思うけどなぁ。意外と人は他人のことなどに関心はないし、結局周さん自身がどうしたいかなんじゃない？」

シャロームに来ると二十歳以上も年の離れた翼にいつも説教をされて帰るというパターンが出来上がってしまったみたいだ。ただ、その何の遠慮もない物言いが周にはすごく小気味の良いもので、翼が言う言葉の一つ一つがいつも心の中にすっと入っていった。自分が抱えている問題を翼には何でもさらしてしまってもいいような気がしてくる不思議な空間だった。

「翼君ってさ、不思議だね。君と話していると気持ちがいいよ。何だか自然と心が解放される。自分が自分でいいんだと、何だか嫌いな自分を肯定したくなっちゃうよ」

「周さん……天は自分を重んじる人しか助けてくれませんよ」

「ふー、すごいね」周は心から感心するように翼に呟いた。

「翼君は、若いのに何でそんな心の領域に行き着いているんだよ？」

「僕が変に老成しているのは、きっと小さい頃に人間の汚いものを見過ぎたせいですよ。周さんの話を聞いていると、小さい頃から自分の心を持て余してきた人みたいだけど、周さんのまわりに居た人たちは結構まともな人たちばかりだったんじゃない？

あなたを見ているとそんな気がする。僕の育った環境は、まわりの大人は本当に下劣で悪魔みたいな人たちばっかりだったから、自分は要らない存在で毎日毎日生まれてきたことを『ゴメンナサイ』と思わされていたんだ。その中で僕は自分が自分を守って大人になるしかなかったんだ。子どもの時に他の子が使わないでいいエネルギーを目いっぱい使わされて大人になった気がする。味方は自分しかいなかったからね。だから僕は大人になった今がすごく幸せなんだ。小さい頃の自分に本当によく頑張ったねって言ってあげたいし、この場所に自分を大人として置いてくれた神様に感謝しているんだ」

少し悲しそうな目をしながら翼は子どもの頃の話を初めてしてくれた。周には想像もできない時間を過ごしてきたのかもしれないと、時折、翼がふっと見せる寂しい表情を周は思い出していた。

いつか、客同士が翼のことを話していたが、シャロームを開店した当初から二丁目で翼の美ぼうがかなり話題になっていたらしく、その噂を聞きつけて芸能界に入らないかと大手芸能事務所からの誘いも数多くあったらしい。翼は自分はあまり目立つのは好きじゃないと誘いを全て断り続けていたらしい。

周も翼の大きなうるんだ目に見つめられるとドキドキして、自分から目をそむけてしまうことがたびたびあった。人の心を深いところまで見透かして裸にしてしまうような不思議な魅力が翼には備わっていると周は思った。

「そう言えば、いつも聞こうと思っていたけど、シャロームというこの店の名前はどういう意味なの？　土地の名前か何かなの？」

「シャロームってヘブライ語で直訳すると平和って意味らしいけど、もっと深く調べてみると、絶対的な『理想郷』って意味も含んでいるみたい。でもさ、こんな世の中に生きていると理想の世界なんて人は見られないかもしれないから、この小さなお店にいる間は全ての嫌なものから解放されて、自由でいてほしいなあと思って名付けたんだ」

「理想郷かぁ……。良い名前だね」

「ありがとう。名付けた僕自身もそう思っているんだ」

二人がそれぞれを見る眼差しが何となく熱を帯びていくのを少しずつお互いに感じ

るようになっていた。周はこの翼という存在が、日ごとに自分にとって大切なものになっているのをこの頃強く感じていた。

圭子の場合　I

風が今日は強く吹いている。空に点々と浮かぶ雲が、ちぎれるようにいろいろと形を変える様子を圭子はぼんやりと見つめていた。

今、見たと思ったものが次の瞬間には全く違う形になっている。この世には確かなものなど何もないのかもしれないと圭子は思った。

そうか、昨夜、周に言われたことはこういうことかと妙に納得した気持ちになり、話を聞いて昨夜からずっとざわざわとしていた自分の気持ちが少しだけ収まっていく気がして、圭子は大きく息を吐いた。

自分の夫として三十年近くもの間、一番そばにいて一緒に生きてくれた目の前の周の瞳が今まで見たことがないほど左右に上下にせわしなく動いている様子を見て、圭子はこれはただごとではないなと身構えた。

「なになに？　どうしたのよ？　急に大事な話があるなんて、改まって言われると、こっちも何だかビックリするじゃない。まさか浮気でもしたの？」

わざとひやかすように、圭子は周に問いかけた。

いつも何気なく毎日を過ごしている部屋が今日は違った空間に見えてくる。ピンと張り詰めた空気がこの部屋を支配しているような気が圭子はしていた。

「圭子ちゃん、今から僕が言うことは、多分圭子ちゃんには全く受け入れられないことだと思う。ただ、やはり僕は圭子ちゃんには自分の本当の気持ちを話すべきだし、話さない限り自分の気持ちに整理がつかないんだ。勝手な言い方になるけれども、自分の新しい人生を踏み出していくことができないんだよ」

「新しい人生？　どういうこと？　私と離婚したいということ？　誰か好きな人でもできたの？」

「それに答えるのは今は難しい。僕は今までも、そして今からも圭子ちゃんと家族として生きてゆきたいと心から願っている。できれば少し新しい形で」

「話が全くつかめない。私が解るように説明してよ！　何でこんなマジな感じなのか解らないよ。どういう話なの？　ドッキリか何か？」

「ごめん。何と言って圭子ちゃんに説明していいのか。自分でも混乱しているし、分からないんだ。」

「病気でも見つかったの？」

「そうじゃない。でもまあ、ある人たちから見れば病気みたいなものかもしれないね」

周が急に白けたように自虐的に呟くのを圭子は不思議な気持ちで見ていた。

「圭子ちゃん、こんなに長い時間僕と暮らしてくれてありがとう。本当に感謝している。今までの時間は僕にとっても大切な時間だ。それは絶対に嘘はない。ただ……」

「ただ、何よ？」

二人の間に永遠とも思えるような時間が流れた。

「そこまで言って、先に進まないのは違うと思う。切り出したんだから、はっきり言ってよ、周」

「僕はね、実は男の人が好きなんだよ。子どもの頃からずっと女の人は生理的に好きになれないんだよ。言葉の定義が難しくて自分がどこに属しているのかもはっきり分からないけど、生まれた時に割り当てられた性別と僕が生きたい性別は少し違いがあるみたいだ。トランスジェンダーだと思う。アンドロセクシャルとも言うみたいだ。他の人がつけた名前だから、定義的に僕がどこに属しているかそれは僕にはどうでもいい。ただ僕が男の人が好きだということは変えられない」

圭子は、頭の中で周が言い出すいろいろな話を想像していた。自分が想像していた内容を現実がやすやすと超えてきたことに、拍子が抜けるような何とも言えない気持ちになった。

自分の頭では処理できない不思議な感覚。ふと圭子は、Siriにでも聞いてみようかと思った。Siriは答えを出してくれるのだろうか？　Siriもきっと混乱して、あの人工的な声で『お答えしかねます』と言いそうだなと自嘲気味に考えていた。

咲子の場合　I

皆がキラキラして見えた。そこには自分が今まで会ったことも話したこともないような遠い世界に住む人が大勢座っていた。初めて目にした世界に咲子は完全に飲み込まれてしまっていた。あの時、なぜ自分があんな場所に足を運んでしまったのかと、咲子は今でもチクリと胸が痛んだ。

きっかけは小学校時代からの友人である侑子から来た誘いのラインだった。

「咲子、今度の土曜日時間ある？　友達の誕生日パーティーが晴海のタワマンであるけど一緒にどう？」

「誕生日パーティー？　私みたいな全く知らない人が突然行ってもいいの？　それにタワマンに住んでいる友達が侑子にいるなんて初めて聞いたわ。何をしている人なの？」

「それは行ってからのお楽しみ！　社会勉強だよ。咲子も知らない世界を見ておいた方がいいよ。すごい人ばかりだから。咲子の生きている世界は本当に狭いところなんだって痛感するから。楽しい会だから。咲子、土曜日絶対に空けておいてね」

晴海か……二〇二〇年の東京オリンピックの開催を控えてかなり急ピッチで開発が進んでいる地域だ。いくつものタワーマンションが立ち並び、販売開始のたびに即完売すると聞く。値段も一体誰が買うのかという超強気の設定にもかかわらず、人気に影を差さないらしい。

一体、何をすればあんな値段のマンションを自分のものにできるのだろうか？「失われた三十年」という言葉をテレビや新聞でいつも耳にするぐらい、今この国の経済は低迷しているのではないか？　侑子の言う通り、自分の見ている世界は本当に狭いものだろう。まあ一度知らない世界とやらを覗いてみますか。咲子はスマホのスケジュールアプリに土曜日の予定を書き込んだ。

圭子の場合　II

サワサワと風で大きく揺れる木をじっと眺めていると、あっという間に時間が経っていた。圭子は気が付かないうちに二時間ほど公園のベンチでぼんやりと腰をかけていたらしい。何だか不思議なくらい、満たされた時間だった気がしてくる。木や風には私は何も期待しない。だから何も構えることなく自分を委ねることができるのかもしれない。周には自分のいろいろなものを知らないうちに背負わせていたのだろうか？　圭子は、先日、周から言われた言葉を頭の中で何度も反芻してみた。

「圭子ちゃんと咲子に対する自分の今までの気持ちに嘘偽りはない。全く。小さい頃から自分の心の中に大きく占めていた気持ちを、今までどうしても誰にも言えなかったんだ。言い出せるはずがないと思っていた」

「そんな秘密を抱えて、私たちとよくこんなに長い時間暮らせたわね」

圭子は自分の声がワナワナと震えているのが分かった。

「周は嘘はないと言うけれど、私は周がつき続けた嘘のせいで自分の今までの人生が何だか汚された気がする。もう何を聞いても周を信じることはできないよ。この私の怒りはどうすればいい？　私が怒って感情的になっていることを周は変なことだと思うの？」

「当たり前だよ。圭子ちゃんが怒るのは。圭子ちゃんが思ったことをそのまま言ってほしい。圭子ちゃんの気持ちを一番に尊重したいと僕は思っている」

「そんなことを言われても、急に想像することさえできない。今の今、自分がどうすればいいかなんて分からない。言い出せるはずがないと思っていたのならば、できれば周のその気持ちは墓場まで持って行ってほしかった。自分の気持ちを楽にするためにボールをいきなり私に投げつけただけじゃないの？　一体私は、いきなりもらったこのボールをどうすればいいのよ？　何で今さら、私にこんな重いものを押しつけるのよ。やめてほしかった。浮気したとか離婚したいとか言われた方が私にはまだ分かりやすいよ」

「うん。そうだよね。僕はわがままだ。今さらこんなことを圭子ちゃんに押しつけて……それは自分でも分かっている。ただ、圭子ちゃんだけには僕の本当の気持ちをぜひ知ってほしかったんだよ。圭子ちゃんに分かってもらえるなんて厚かましいことを思っている訳じゃなく。何と言うか……」

「周、もうこれ以上、今日は聞きたくない。ちょっと自分で考えてみる。時間がほしい。ただ、咲子には言わないで。あの子には抱えきれないよ。映画や小説の世界じゃあるまいし、あの子の現実に周の言っていることを持ち込ませるのは酷だよ。自分の父親が男の人しか好きになれないなんて。そしたら自分の母親やそこから生まれてきた自分はなんなんだって。きっと私以上にどうしていいか分からなくなると思う。

周、やっぱり私、今正直混乱しているし、思考が止まってる。時間をくれる？　私たちがこれからどうすればいいか、もう少し時間をおいて話をしよう」

「うん、そうだよね。しばらくは僕を見たくないだろう？　咲子には長期の出張とでも言っておいてくれよ。横浜の実家から出勤するよ」

昨年末に周の母親が亡くなり、今は誰も住んでいない横浜の周の実家がそのままになっていたことを、圭子はこの時ばかりは有り難く感じた。早くに手放さなくて良かったと。

かちりと玄関ドアが閉まる音がして、周が居なくなったリビングが急に白々しいものに圭子は見えてきた。今まで三人で幸せだと信じて暮らしてきた時間は一体なんだったのだろうか？

周の嘘か……。よくも三十年近くも何も言わずに。自分の大切なものや記憶が一つ一つ壊れていく感じがした。同時に悲しさが胸いっぱいに広がった。音のない時間がずっと続いていた。張り詰めていた自分の気持ちがパーンと音をたてて切れたような気がした。

少し冷静になった圭子はふと我に返った。

「あっ、そうか」私も周にずっと黙ってきたことがある。それは周に話すべきことなのか？

よく考えてみたら、私たちは最初からお互いに大きな秘密を抱えたまま始まった夫婦だったんだ。グラスに入った氷がカランと音をたてて溶けてゆく様子を、圭子はしばらくじっと見ていた。

周の場合　Ⅱ

周は五十歳を超えた頃から自分の体力的なおとろえをカバーするために、日本でも楽しむ人が急激に増えてきたロードバイクを趣味として始めた。二センチほどの細いタイヤで自分の体重を支え、バランスを取りながら操縦するのは最初はなかなか大変だったが、風を切り疾走する感覚は本当に気持ちが良いものだった。風を感じつつ走っている瞬間は余計なことを全て忘れ何ものにも縛られない自由な感覚は、他では味わえないもので、あっという間にその世界にはまっていく自分が居た。

何より今まで関わってこなかった、自分を全く知らない人たちと中年になってから新たに関係性を結んでいくことで気持ちが前向きになっていく自分を知った。

「この世界では、思い切って初めから自分の素のままを出してみますか」

いろいろなことにこだわりをみせる店主が営む「サクリファイ」と看板をあげる

ロードバイクプロショップには、デザイナー・弁護士・税理士・国会議員の秘書……様々な業界の人たちが集まってあーでもない、こーでもないと、自分のロードバイクの知識を何時間でも話している。小さな店の中にがやがやと人が集まり、思い思いに持ち寄ったビールやワインを片手に時間を忘れて会話を楽しんだ。周は、若いパワーと接するのが何より気持ち良かったし、単純に楽しかった。

「あーちゃん。今度、どこのバイクを買ったんだよ」

最初店に集まる女の子たちが言い始めた「あーちゃん」という呼び方がいつの間にかこの店の仲間たちにも定着していた。

「まだ届いてないけど、今度ピナレロのドグマに乗ってみようと思うの。私も届くのが本当に楽しみなんだ」

周はこの新しい集団の中に自分を置く時は、以前は男性、だが今は女性として生きてみようとしている一人の中年として振る舞った。そして彼らは何か特別な人ということではなく、ありのままの周をすんなり受け入れているようだった。会社員として意図的に男性を演じてきた長い時間に出会ってきた人たちとは全く違う、心のしなやかな人たちがこの中には多いように周には思えた。

そのバイクショップで新しくできた年下の女友達の薫と一緒に買い物に行き、服を吟味し、自分に合う服を買うことを楽しみ、女性である自分を手探りで始めてみることにした。

「あーちゃん　それ似合うよ！　あーちゃんはきゃしゃな体型だし、肌の色が白いからそういうかわいい色のワンピースがよく似合うよ」

周りの買い物客が、若い女の子と男性のような女性のような不思議な中年との会話を興味深げに眺めていた。

「何だか、ごめんね。私と一緒にいると他人にジロジロと見られて気持ち悪いよね」

「あーちゃん　気にしない方が良いよ。自分は自分だよ。あれこれ言う人は知らない人。あーちゃんともう二度と会うこともないんだから。他の人に自分をとやかく言われる筋合いなんてないんだから」

この薫という男前ともいえる女の子と友人として付き合うようになり、周は今まで本当に助けられた場面が何度あったかしれない。

思い切って、「女性物の下着を買ってみたい」と相談し、「任せてよ」と言う薫と店に行き、女性物の下着を試着するのを店員が明らかにしぶった時、

「あのさ、この人は今、女性として新しい人生を生きようとしているの。私たち女が全力でその手助けをしないでどうすんのよ」

と言い、店員は薫の叱責に納得がいかない気持ちをありありと残しつつ、渋々と普通の女性には少し大きめサイズの下着を片手に抱えて、周を奥の試着室へと案内してくれた。

薫のアシストを得て女性用の下着だけでなく、子供の頃からずっと着てみたかったパステルカラーのワンピースやフリルのついたブラウスの買い物を終えて、周は戦利品を手に横浜の実家に戻った。戻るや否や袋から沢山の洋服を引っ張り出して、鏡に映る自分にあてて確認した。そして初めてブラジャーを着けスカートをはき化粧を直してかつらを着けると、もともと男性の中ではきゃしゃな周は、一人の中年女性のようだった。周は鏡に映る自分の姿をどこかうっとりと見続け、自分が長い間どうしても手に入れたかった本当の自分の姿を鏡の中に見つけようとしていた。

絶対に自分の心の秘密を知られてはいけなかった亡くなった母親は、息子のこの姿を見て何と言うのだろうかと、周はふと我に返って小さくため息をついた。

シャロームで翼に出会って一年以上の時間が経っていた。初めて女性の格好をして店を訪れた周を翼はすごく褒めてくれた。

「周さん……それでいいよ。周さんがなりたい姿を大事にすればいい。すごく綺麗だ……と思う」

「いいよ。そんな見え透いたお世辞なんか言わなくても。ちょっと滑稽だけど、何だか解放されていい気持ち。『私は私よって！』思い切り叫びたい、すっきりした気持ちよ。子供の頃から自分は、ずっと女性らしい格好をしてみたかったんだと近頃ずっと思い返しているの」

「お世辞なんて言わないよ。とにかくお祝いしないとね。今度、今日みたいな格好をした周さんと二丁目じゃないどこか違う街でデートしようよ」

「本当?!　嬉しい！　私も翼と二人きりでどこかに行ってみたい」

「行こう!!」

二人は横浜で待ち合わせをした。周は翼と会うその日にどんな格好で行けばいいか、一週間前からそわそわと落ち着かなかった。翼が、「周さんがしたい格好をすればいい」と言ってくれたことを思い出して、思い切って明るいピンク色のワンピース姿にすることにした。そのワンピースは薫のアドバイスも受けて買った、周の中で一番お気に入りの服だった。デートに着ていく服を考えている時間も周はこれまで感じたことがないくらい幸せな時間だった。

中年女性に見えるとは言っても、女性と言い切るにはどこか違和感がある中年の周と、タレントのように整った若い翼が手をつないで歩く様子は、街を歩く他の人たちにとってはかなり奇異なものに映っているようだった。人とすれ違うたびに振り返って何度も自分たちを確認するのを周は感じていた。そしてひそひそと「あれ、女装している男の人?」と呟くのがはっきりと聞こえた。

「翼君、恥ずかしくないの?　こんな格好した私と手をつないで歩いて……」

「全然、僕は周さんが自分の心を解放して、幸せな時間を僕と過ごしてくれていることが本当に嬉しいんだよ！」

桜木町駅前と横浜ワールドポーターズを結んだヨコハマエアキャビンと呼ばれる空中ゴンドラに二人は腰をかけた。近い距離に並んで空中を進んでいく間に、二人は眼下に広がる港町横浜の風景を見ながらどちらからともなく顔を寄せ合い、唇を重ね合った。周は、本当に心がふわふわして夢の中にいるような気持ちだった。ずっと自分の心の奥深くにあえて閉じ込めていた男の人とそうしてみたいという想いを今、翼とできている。頭に熱が一気に上がって恍惚とした幸せを感じていた。

その日の夜、山下公園が目の前に広がるホテルニューグランドの部屋で翼と過ごした時間は周の今までの人生の中で一番幸せを感じるものだった。圭子や咲子には本当に申し訳ないが、咲子が誕生した時以上の幸福を感じていたのかもしれない。自分は自分として生きている。そしてこの自分で良いのだと初めて自分に対して肯定することができた瞬間だった。その感情の高ぶりから、周は思わず翼に向かって、「私にとって初めての彼氏の翼君とはずっとこの関係を続けて、より深めていきたいよ。

これから翼君ではなく翼と呼んでもいいかしら?」とその想いをダイレクトにぶつけた。

しかしながら全てのことに慣れた様子の翼は、その幸せな夢の時間の終わりを告げるように玉手箱を開け、その煙の中で周を現実世界に引き戻すかのように言った。

「周さん、楽しかったね、この二日間。周さんは男の人が好きだけど男の人との性的経験はないと聞いて、僕は周さんの最初の男の人になりたいと、いつの頃からか思っていたんだ。だって、やっぱり僕たちの世界は何か怖い人もたまに居るしね。周さんの最初の時には安全に良い思い出を作ってあげたかったんだ。周さんが幸せそうに過ごしてくれたこの二日間は僕から周さんへのプレゼント。周さんが自分で自分を解放してくれたお祝いだよ」

翼は周に言い出す言葉を選んでいるように時間をかけて言葉を続けた。

「ただね、僕にはこれから恋愛の対象として一切希望は持たないでほしいんだ。僕にとって性的な交わりはあまり意味はないんだ。僕はトゥースピリットでいろいろな人たちと性的な役割を果たすことが可能なんだ。それを仕事にしていた時もあったからね。正直、その仕事のおかげでこうして自分でシャロームを持つことができたんだ。だから僕にとって『シャローム』は宝物だし僕自身なんだ。周さんは僕から見ると何にでも真面目だし、今日のことが何か特別なものとして周さんの心の負担になったら、僕も困るし、もうお店以外で会うのはやめにした方が良いと思う。シャロームでいつでも待っているから。今までみたいに店で沢山おしゃべりしよう。周さんはこれまでと変わらず、僕には特別な友人だから」

周は少し寂しかった。自分の性的な嗜好に気付いた時からずっと、翼と過ごした二日間のような時間を願っていたし、その初めての相手が翼であったことが何より嬉しかった。でも翼に対して周が感じていた愛情にも似た感情の欠片も、翼にとってはどうも負担でしかないようだ。

翼が自分の気持ちを周が深入りしないように正直に話してくれたことには感謝しながらも、夢のような時間があっという間に終わってしまう寂しさも感じていた。

「何だか魔法が解けたみたい」

「魔法か……」翼は周を引き寄せた。翼が最後に合わせてくれた唇の柔らかさが、忘れられない皮膚の感触として周にいつまでも残っていた。周は、この思い出だけでこれからの人生をずっと生きられそうだと何となく思った。それほどの特別な時間が終わってゆくのを周はひどく寂しく感じていた。

「終わってしまう……」周は小さく呟いた。

咲子の場合 II

広々とした吹き抜けの空間が広がる贅をつくしたエントランスを抜け、キーンと耳が痛くなるほど気圧の変化を感じる高層階へとつながるガラス張りのエレベーターに乗り込んだ。咲子は、それが自分を違う世界に連れていく別の乗り物のように思えてきて、だんだん落ち着かない気分になった。知らない世界を覗くことをワクワクと待ち受ける自分と、かなり場違いな所へ来たという逡巡した気持ちが入り交じった感情が咲子を襲っていた。

「侑子、何だかすごいね。お家へ伺うのにこんなエレベーター初めて乗ったよ。このエレベーターを使って毎日生活している人が本当にいるんだね。私なんかが入っていいのかな？」

「咲子、うける。こんなんで驚いていたら部屋に入ったらもっとびっくりするかもよ」

実際、案内された部屋のリビングは圧巻だった。晴海埠頭越しにレインボーブリッジの夕景が背景に広がる壮大な眺望を窓の外に見渡せる大空間のリビングには、多くの人が思い思いの飲み物を手に会話を楽しんでいるように咲子には見えた。地上四十八階の角にあるこの部屋は何かに選ばれた人しか住めないものだろう。咲子はふと、一体このマンションはいくら払えば買えるのだろうかと少し下世話なことを考えていた。そしてこのキラキラした人たちは一体普段は何をして暮らしているのだろうかと、珍しい生き物を初めて見た人間のように自分を感じていた。

「春日さん、ご紹介します。この子が前に話していた私の志成大時代の友人の咲子です」

「初めまして、僕は春日涼です。侑子ちゃんから聞いているよ。知り合えて嬉しいよ」

春日涼か……手渡された「ＣＥＯ　春日涼」と書かれた名刺に目を落としながら、

咲子はまるで作り物のような名前にかなり違和感を覚えた。咲子は全身を高級ブランドの洋服で身を包み、春日涼と名乗った四十歳前後の派手な男が自分に語りかけるのを静かに聞いていた。

「咲子ちゃん、僕はね、自分にコミットしてくれた全ての人たちが幸せになってくれることを心から願っているんだよ。嘘のように聞こえるかもしれないけど、これは本当にずっと思ってきたことなんだ。人間ってさ、自分の生きている間に一体何人の人と関われるかって、咲子ちゃん考えたことある？　そんなに多くの人と関われないよね。だからこそ知り合えた人は大切にしたいし僕もされたい。だから何かのきっかけで知り合えた人たちには、僕が持っている知識やスキルを使ってその人の人生がより豊かなものになればなあって思っているんだ。一人一人がウェルビーイングに生きてほしいからね。ねえ、侑子ちゃん、僕はそんな人間だと思って活動してきたんだけど、みんなにはちゃんと伝わっているのかなあ？」

春日というこの男は自分の話に酔っているようによどみなく話した。

「咲子、春日さんの活動は本当に素晴らしいものなんだよ。沢山のビジネス系雑誌に署名記事を寄稿して、多くのメディアから新しい次世代リーダーとして認識されているんだから。咲子が私を通じて春日さんにたどり着いたのはラッキーなことなんだよ。感謝してね」侑子はそう言いながら、咲子にウィンクしてみせた。

侑子ってこんな人だったっけ？　咲子は目の前で繰り広げられているこの会に一抹の不安を覚えていた。何だか安っぽい、劇化したような本当の現実世界じゃないような……。

咲子は、その場所に居る間、フワフワと空を漂っているような気がして終始落ち着かなかった。侑子が紹介してくれる人が皆、自分の生活とはまるでつながっていない気がして途中から帰ってしまいたい気持ちが強くなっていった。

「咲子、楽しくないの？　なかなかこんな場には来られるもんじゃないんだからもっと楽しんでよ！」

「何となく、圧倒されているの……私とは全く無縁の世界だから、居心地が悪いというか落ち着かない。まだここにいるの？」

「もうすぐ終わるから最後までいようよ。春日さんが最後に話をしてくれるからその話を聞いてから帰ってもいいんじゃないの?」侑子は少しいらだちを感じているように咲子に言った。

しばらくすると春日が立ち上がって、集まった全員に向けて静かなトーンで語り出した。周囲の人たちも皆、それまでの思い思いの会話を止めて春日に視線を移した。

「皆さん、今日は本当にありがとう。こうやって毎年自分の生まれた日を皆から祝ってもらって僕は本当に幸せ者だと思う。これもある日、神からの啓示のように授かった僕のシステムのおかげだと思っている。これは発明なんだ。皆が幸せになるための」

システム? 神の啓示?? 春日の口から次々に飛び出すいかがわしい言葉に咲子はだんだん怖くなっていった。

「僕は、皆の幸せを現実にするための秘訣を作り出した。今は神様が僕を選んでくれたとさえ思っている。ただそれは自分のためだけに使ってはならないと、自分をいつも戒めているんだ。世界中の一人でも多くの人が幸せになるための道具として使っていかないと。一年以内の東京証券取引所への上場のためにここにいるメンバーの力が欠かせないものとなってくる。皆で力を合わせてこの会社を世界的な企業にぜひしていこう！」

頬を赤くさせ高揚した面持ちで話している春日の話に、集まった若いメンバーたちは酔いしれて聞いているように咲子は見えた。

咲子は帰り道、いたたまれない気がして侑子に思い切って切り出した。

「ねえ、侑子、あの春日さんって本当に大丈夫なの？　話が現実離れしすぎているよ。春日さんってお金が沢山あって侑子が言うように尊敬されて何でも揃った完全な人かもしれないけど私には何となく間が抜けた人に見えちゃった。ごめん。私がそう感じたのは私の気持ちだから変えられない。侑子が私にそんなこと言われたくないのもよくわかるけど」

「咲子は本当に今まで平凡に生きてきたから、春日さんのすごさが解らないだけだよ。実際、私は春日さんのおかげで毎日楽しいよ。自分の夢がかなう日が近いの。一年後にはどうなっているか分からない。ワクワクするわ」

「えっ?!　もしかしてお金を預けたりしているの？　侑子、それって大丈夫なの？」

「咲子は暗号資産の仕組みなんか、全く知らないでしょ。実際、五年前には胡散臭い目で見られていたビットコインの価値は今では天井知らずよ。最初にその価値に気付いた者の勝利よ！　無知というのは生きていく上で罪なことなのよ」

自分は幼い頃から、長い間付き合ってきた侑子という人間を実は何も知らないようだ。事実、咲子は中学校で侑子が転校した後の、侑子の家族や生活の話を全く聞いたことがなかった。咲子は侑子の口から次々と話される言葉をカフェで流れるBGMのようにぼんやりと聞き流していた。

圭子の場合　Ⅲ

私の短い人生はこれで終わったのかもしれない。体も心も幼かった私は、漠然とそんなことを考えていた。中学三年生になる前の春休みに、圭子はベッドの中でまんじりともせず天井についた小さなしみをじっと見つめながら考えていた。

私のお腹の中には新しい命が宿っているらしい。まだ子どもの私のお腹に。

同時にあんなに簡単に子どもってできるのかと、少し他人ごとのように冷静に考える自分も居た。

母親が会っていない片瀬の伯母の紹介で家庭教師をしてくれるという男を連れてきたその日からずっと、圭子は園田一（はじめ）という東大医学部に通うその男が何となく苦手だった。自分の万能感に酔っていて、それを相手に無理やり押し付けてくる態度が子どもも心に身震いするほどの嫌悪感を圭子に芽生えさせた。まだ高校受験までは日があったが、圭子が中学受験に失敗したのは自分のせいだとずっと思い続けてきた圭子の母親の高校受験に対する前のめりの様子にはすごいものがあった。圭子は大学受験まで近くの公立高校に通うのもありだなとうっすらと思っていたが、母親は大学の併設された私立の高校にどうしても入れたいと思っているようだった。

「お母様、受験は初めが肝心です。僕に任せていただいたのですから志望の高校に絶対に入れますよ。第一志望は麗明女子校とお聞きしています。対策をしっかり立てて残された時間を有意義に使わないといけませんね。圭子ちゃん、これから厳しくすることもあるけどよろしくね。しっかりついてきてね」

「よろしくお願いします。理数系が弱点なので対策を教えてください」渋々圭子は言った。

「大丈夫。受験で一番必要なのはテクニックだから。僕がついていたら間違いない方向に向かうから。何でも聞いてくれていいから」

金沢で百床を超える入院施設を備える私立の総合病院の一人息子として将来は病院を継ぐ宿命を背負っているらしい園田は、学生の間だけは親の監視から離れて自由になれる東京にある大学を自分の第一志望としたと、圭子の親に説明していた。東大のそれも医学部というブランドに絶対的信頼を寄せていた母親は、園田の言葉をまたたく間に全て信じるようになっていた。

「何だかあの先生、苦手。私が塾に通うからと言って、断ってもらえない。ママ」園田が家に通ってくるようになって三ヵ月ほどたったある日、母親にそれとなく話して頼んでみたが、あっさりと圭子の要求は却下された。

「何言っているのよ。園田先生は受験生の親たちからすごく人気の先生だから、空きが出るのを皆さん並んで待っているのよ。顔の広い片瀬の伯母さんに頼んで無理やり横から入れてもらったんだから。圭子ちゃんも片瀬の伯母さんは覚えているでしょう？」

　ただ伯母が、「園田先生は人気も実績も申し分ないのだけど、女の子の生徒さんは不思議なほどに皆さん途中でやめてしまうらしくて、女の子には園田先生の教え方がかなり厳し過ぎるのかもしれない」と言っていたことを、圭子の母親はふと思い出していた。この伯母の小さな気づきが、実は圭子の人生を左右するほどの大きな事態を引き起こすことになるとは、圭子の母親はその時、全く思いもしなかった。

「何だか教え方も私に合わないし、それによく分からないけどすごく気持ちが悪いのよ。あの先生、生理的に一緒に居たくないの」

「圭子ちゃんは年頃だからそう感じるのよ。ママはあの先生は、さわやかないい青年に思えるわ。実際。この頃、圭子ちゃんの成績も伸びてきているじゃないの」

「先生の個人授業をやめたくて、私自身が一生懸命頑張っているからでしょ」

「全く、何が気に入らないと言うの？　もう少しだけ我慢して園田先生に教えてもらいなさい」

「でもね、ママ。実際、授業している時に変に顔を近づけてくるし、良くできたと言ってやたら髪の毛を触ってきて、本当に気持ちが悪いったらありゃしない。真面目な話、助けてよ、ママ」

「圭子ちゃんが過剰に意識し過ぎなのよ。年頃だから、潔癖に感じてしまうのは仕方がないけど、園田先生は変な意図はないと思うわよ。ママは。園田先生から見たら圭子ちゃんはまだまだ小さな子どもに見えているから、そうなさるのね」

母親は圭子の話を全く取り合わなかった。圭子からすれば、園田がこの家に来るようになってから、日を重ねるごとにだんだんと態度が大胆になってゆくことに一抹の不安を感じるようになっていた。圭子の両親に、自分は全幅の信頼を寄せられていると信じて疑っていないような園田の厚かましい態度が、圭子をどんどん不安にさせていった。

「圭子ちゃん、君はどういう男の人が好きなの？」

数学の問題を圭子が解いていると不意に園田が尋ねた。何でそんな話をするのだろうか？　圭子は不思議な気持ちで園田をじっと見つめた。

「圭子ちゃんの目って大きくて綺麗だよね。僕はその何にも汚されていない澄んだ瞳がいとおしくてたまらないんだよ」

「先生、私、正直言うと、先生のそんな態度がたまらなく気持ち悪いです。先生の授業をやめたいけど母親が許してくれないから渋々今でも受けているんです。また先生が同じようなことを言ったり、私の髪の毛を撫でたりしたら、今度は父親に頼んでみようと思っています。だからもし先生がここに通うことを選ぶなら、そのようなことは二度と私に言わないでくれますか？」

圭子は少し声を震わせながら毅然と園田に静かに言った。

「ごめん、ごめん。そんなに怒らないでよ。ただ圭子ちゃんがあんまりかわいいから少しからかっただけだよ。同じ目標に向かって一緒に頑張ろうよ」

圭子は園田と受験までの長い時間付き合っていかねばならない気持ちの悪さに身震いがした。

「全く、本当に嫌だ」

ただ、確かに園田の受験勉強の教え方は人気があるのが分かるほど、クオリティが高いものだった。医者になるのを辞めて大手の進学塾の講師になった方が稼げるかもなぁと、冗談とも本気とも分からない感じで言っているのを圭子は園田からよく聞いていた。まあ受験までの辛抱だと、その頃になると圭子の方でも自分の気持ちにそれなりに折り合いをつけて、園田との受験勉強を続ける努力を始めていた。

「圭子ちゃん、今日ママ、急な用事があって遅くなるの。園田先生の授業はスキップできないから、圭子ちゃん、お茶とお菓子を用意してくれる?」突然、母親が外出先から電話をしてきた。

「嫌だよ。私、園田先生と二人きりになりたくない。ママから先生に電話して今日の授業断って」

「何駄々をこねているの? もう小さい子どもじゃないんだから、自分でできるでしょ。今日の今日になってスケジュールを変更してもらうなんて園田先生に失礼でしょ」

「嫌、絶対に! 私、あの先生マジで怖いの。二人でいる時、本当に気持ち悪いことばっかり言ってくるんだから」

「からかっていらっしゃるのよ。圭子が大きく反応するから面白いのよ。大丈夫よ。よろしくね」

母親は全く気に留める様子もなく、圭子の話に耳を貸さなかった。

母親の電話を切ってから、時を置かずに園田は家にやってきた。何だか変に神妙な面持ちで家に入ってきて、「早速授業を始めよう！」と言って、二階へと上がっていった。圭子は母親に言われたようにお茶とお菓子を用意して自分の部屋へと入っていった。

「圭子ちゃん、お母さん何時頃帰ってくると言っていた？」

「はっきりとは言ってなかったけど、そんなに遅くはならないと思います」

「先週の数学の復習をしてみようか？　ここに早く座って！」

圭子ももうしょうがない、集中して授業を受けていたらそのうち母親も帰ってくるだろう。と椅子に腰をかけた。その時、園田は圭子の手首を強く握り、熱い吐息と共に耳元でささやいた。

「ずっと前から……圭子ちゃんが好きだったんだ。他の女の子にこんな感情を持つことはないんだ。かわいくっていとおしくて頭がおかしくなりそうだ。自分のものにしたいんだ」

「先生、何をするんですか？」圭子は思い切り声を張り上げた。そうすると園田は圭子に馬乗りになり彼女の口を手で押さえた。

「黙って、僕を怒らせないでね。ずっと二人だけになる時間を待っていたんだから。すぐに終わるし、怖くないからね。ちょっとの間おとなしくしててよ」

「先生、これは犯罪ですよ。警察に絶対に言います、捕まってもいいんですか？　もうやめてください」

「大丈夫、君のご両親はまともな人たちだから、君の人生がめちゃくちゃになるような行為は絶対にされないから。賭けてもいいよ」

その後のことは圭子はあまり覚えていない。大人の男の力はすさまじかった。首を押さえられながら、圭子は自分が何をされているのか分からないまま園田の恍惚とした表情をぼんやりと見上げていた。自分の腹の上でひたすら上下運動するこの下劣な男の行為が一刻も早く終わってくれるのを祈るように、待ち続けていた。

「圭子ちゃん、僕は君が大好きだ。だから君も僕を好きになってくれ。そうしないと今日のことを君はこの先ずっと後悔することになってしまうから」

そう言い残して園田はさっさと帰っていった。人は自分の想像を超えることが我が身に起こると思考を停止してしまうことを、圭子はこの時に知った。

しばらくして戻ってきた母親は、圭子が電気もつけずまんじりともしないで二階の自分の部屋に倒れている様子を見て、ただならぬことが起こったのを感じ、すぐに父親に電話を入れた。父親は仕事を切り上げすぐに家に帰ってきた。

「圭子、何があったんだ。言いなさい。大丈夫だから。どんなことがあったとしてもパパとママが守るから」

「だから言ったのに。ママにあれほど頼んだのに。こうなるような気がしていたのに……」

圭子は言葉にならない嗚咽を繰り返しながら、少しずつ園田の卑劣な行為を両親に話した。

「園田に直ちに電話を入れなさい。そしてここに戻ってくるように言いなさい」

父親は自分の怒りをどこにぶつけたらいいのか分からない様子だったが、自分だけは冷静に事を収めなければならないと自分自身に言い聞かせている様子だった。母親は動揺し狼狽し、ずっと泣き崩れていた。

「ママのせいね。ママが悪いね。ごめんね。圭子ちゃんのSOSをずっと無視して。本当にごめんね。こんなに怖い目にあわせて……」

家の空気が少しずつ熱を帯びて塊になって爆発してしまうような気がしていた。このまま……全部何もかもなくなってしまえばいい……全部。圭子は心の中でずっとそんなことを考えていた。

大学や警察に連絡・通報するという父親の言葉に観念し、園田は渋々と圭子の家に戻ってきた。いかにも殊勝な様子で家に入るや否や、土間で土下座を始めた。

「すみません。僕は自分の圭子さんへの思いを抑えることができませんでした」

「中学生だよ。圭子は。まだ心も体も未熟な子どもなんだ。園田、お前、曲がりなりにも成人だよな。こんなことをして許されるとでも思っているのか？　お前は……医者を目指しているんだよな。人を助け救うための仕事だよな。貴様のような卑劣な人間はそんな仕事に就く資格なんかないよ。やっぱり警察に入ってもらって、お前が犯した罪の重さをお前自身が身をもって分かってもらわないといけないよな。どうせ今までもこんなことを繰り返して、うまく逃げてきたんだろう。沢山の同じような被害者の女の子がいるんだろう。圭子が初めてじゃないんだろ。全て洗いざらい白状しろ」

「いいんですか？　圭子さん本人のみならずご両親もすごく傷つきますよ。圭子さんの将来も考えて、ご発言なさらないと」

「なにぃ!!　なんだと!!　貴様、この後に及んで俺たちを逆に脅す気か？　どういうねじ曲がった性格をしているんだ？　お前は人間の仮面を被った怪物だな」

「零か百かの責任論は問えなくなると言っているんです。だって圭子さん自身も僕を誘惑したところがあるんですから。まあ、圭子さんだったら、彼女を私の嫁として将来迎えてもいいですよ」と園田は薄ら笑いさえ浮かべながら言い放った。

「ふざけるな!! 貴様のような糞みたいな人格を持った人間が人を助けるという崇高な職業である医者になることなど決してあってはならない。お前のことは徹底的に潰すからな。お前に輝かしい将来などないということを今から覚悟しておけ。早く警察に連絡しろ!」父親は声をわなわなと震わせながら、母親に言った。だが受話器を一向にとろうとしない母親を見て、父親は「馬鹿者。お前がしないなら、俺が電話する!!」と叫んだ。

「お父さん、やめて……」

母親は受話器を取りかけていた父親を強く止めた。

「圭子のこれからの人生がめちゃくちゃになります……だから、お願い。やめて!!」

母親は狂ったように叫んでいた。

そして両親のそのやり取りを半ばほくそ笑みながら眺める園田がいた。

圭子は階下から聞こえてくる絶え間ない父親の怒号と母親の号泣を何の感情もなく、ぼんやりと聞いていていた。

圭子とその家族の日常はその日を境に全く違う時間を刻み出した。重いしこりをいつも体内の中に残し、仕方なく息をして、時がただ過ぎていくのだけを待っているような毎日だった。吐き気がするような園田に対する憎しみが時の経過と共に消えてなくなることは絶対にないと圭子は分かっていた。園田の恍惚とした表情、それはいくら圭子が目をつぶっても瞼の裏側から消えることはなかった。急に叫び出したい日々が続き、自分の精神をまともに保つ方法だけを考えて毎日を過ごした。ただ、圭子の身に起きてしまった取り返しのつかない悲劇の責任を誰よりも感じている母親の憔悴振りを見ていると、圭子の精神の糸が切れておかしくなってしまったら、一緒に母親もその地獄に道連れにしてしまいそうで怖かった。

しばらくして金沢に住むという園田の両親が訪ねてきて、話し合いがもたれた。園田の家は初め全てお金で解決しようとし、膨大な慰謝料・見舞金を提示してきたが、圭子の父親は一顧だにせず、それを呑まなかった。勉強はでき、学校の成績は良いものの精神的には甚だ未成熟であるにもかかわらず、のうのうとストレートで医者になり人を助けますよと、園田が何事もなかったように偽善の仮面を被って社会に存在するのが絶対に許せなかった。その精神的未熟さを根本から叩き直す新たな人間形成のために、園田が四年間大学を休学して、圭子の父親の友人が住職を務める禅寺で頭を丸めてひたすら修行に励むことを条件に、大学にも警察にも連絡はしない、ただし、四年間で一度でも修行を放棄したら直ちに大学と警察に通報するという条件で話をまとめた。その時の園田自身の絶望的な表情を父親は忘れられないと、後になって圭子は聞いた。圭子はその時、正直に言って、何か自分の外で起きているいろいろなことに関わりたくなかったし、園田というくず男の存在が自分の人生にこれ以上入り込んでくるのが嫌だった。

あの日から、家族全員が皆あたかも砂を噛むような時間を過ごさざるをえず、今、思い出してみてもおぼれてしまうような息苦しい日々の連続だった。しかし、追い打ちをかけるように圭子の家族をさらに絶望の淵に追い込む出来事が圭子の身に起きてしまった。あの卑劣かつ悲劇的な行為が圭子の身体に新しい命を授けることになってしまった。少しだけ気持ちを持ち直しつつあった母親はまた狼狽し、父親も天を仰ぎ見てボーッと考えるようになった。どうしたらいいのかと幾日も三人で考え、話をし、多くの涙を流した。最終的にやはり圭子のこれからの人生を第一義に考えて、この新しい命は諦めようという結論に至った。父親の弟が銀行員として大分の日田市に勤務していることを頼りに、その叔父夫婦だけにはこれまでの委細を全て話し、いろいろなことを手助けしてもらうことになった。そしてその春休みの日田での出来事は、圭子と圭子の両親の中ではなかった時間として、それぞれの心の片隅に無理やり押し込んでしまう必要があった。日田にいる時、いく日もいく日も頭の中でいろいろなことを考え続けた圭子は、東京に戻ってきてから父親、そして母親に自分の気持ちを、目を大きく見開きながら宣言した。

「ママ、しっかりして！　いつまでもいつまでも泣いていないで。私はママの涙を見ているとあの日のことが忘れたくても忘れられない。これからの私の人生をあんな糞みたいな奴に全部駄目にされたくない。だから私は私なりに努力するから、お願いだから、ママももっと強くなって私を支えてほしい」

「圭子、本当にごめんなさい。ママがもっとしっかりしていれば、こんな辛い目にあなたをあわせることはなかったのに」

「ママ、もうこれ以上その言葉を聞きたくない。たった今も言ったばかりじゃない。

しっかりして、本当に。頼むから」

その時から、圭子は自分の人生の建て直しのために、自分の持っている力を全力で使った気がする。私は私自身のふがいなさで失ってしまった小さな命のために、これからの人生では負けることはできないと……。圭子は大人になってから、子ども時代のあの時の自分をギュッと抱きしめてあげたくなることが時々ある。毎日、毎日、恐怖と不安の入り交じった気持ちに押しつぶされそうになる自分に、「あなたは、大丈夫だから」と、その時に戻って優しく声をかけてあげたくなった。そして今、周の告白を受けてからまた自分を抱きしめてあげたくなる感覚がよみがえってきた。

「一体、私の人生ってなんなんだろうか?」圭子は自分に小さく呟いた。

周の場合 Ⅲ

圭子に自分の秘密を打ち明けてから半年ほどの時間が経っていた。圭子の話では、咲子がパパはどうしたのと言って、心配しているという。今の夫婦の在り方に少しずつ疑問を持ち始めているらしい。

「周、やっぱりずっと問題から逃げていられないよ。これからの私たち二人の在り方をそろそろ決めないといけないね」と、昨日の夜に久しぶりに圭子から電話をもらった。時間が少し経過し、気持ちの中に何か変化があったのか、圭子の声のトーンが思いの外落ち着いているように周には聞こえた。

二人の在り方か？　どういう形が一番いいのだろうか？　周はこれから先に続いていく圭子と咲子と自分の在り方について目を閉じてじっと考えてみた。

あの二人が自分の生活から全く居なくなってしまうということに自分は耐えられるのだろうか？　自分が男の人が好きだとしても、今の時点で翼という存在が絶対的なものではないのは周自身が一番知っている。やはり自分にとって一番大切な存在はどう考えてもこれまで家族として暮らしてきたあの二人なのではないか？　思い切って自分の心の秘密を圭子に話してみたけれど、果たしてそれが正解だったのか、時間がたつにつれて不安な気持ちが大きくなってきた。確かに圭子の言う通り、重い荷物を自分だけで持つのが辛くなって圭子にその荷物を投げつけてしまっただけかもしれない。一体自分は何てことをしてしまったのだろうか……周は、圭子からもらった電話の後、急にいたたまれない気持ちになる自分を感じていた。一体自分は本当は何をしたいのか？　圭子に何と言ってほしいというのだろうか？　周は高台に建つ実家の窓から見える眼下に広がる光を見ながら、圭子と初めて会った日のことを思い出していた。

周と圭子の場合　Ⅰ

ほんの一年前のあの出来事で、自分には手が届かないと思っていた志望高校に必死の受験勉強の末に合格し、高校生になった圭子はさらに死に物狂いで勉強に没頭した。自分の前にいつまでもぶらりと垂れ下がる園田に汚された弱い自分自身が選んでしまうかもしれない人生の道には決して入っていきたくなかった。細く細く、かろうじて見えている希望の糸を見逃すのが圭子はとにかく怖かった。「立て直すのだ、自分自身の力で。死んだような自分とはきっぱり決別するのだ」とそればかりを口の中で唱えながら、毎日を過ごした。家族はまるで腫れ物にでも触るように圭子のその様子を見守ることしかできなかった。張り詰めた緊張の糸はピーンと張り詰めたままで、いつパチンと音をたてて切れてしまうか分からないような毎日が続いていた。

そして志望の大学へと進み、やっと本当に少しずつ自分と家族が落ち着きを取り戻すのを圭子はこの頃感じていた。一生、自分は笑えることはないと思っていたが、この頃はテレビのバラエティー番組でクスッと笑える企画を見ながら、何となく一緒になって笑っている自分を見つけていた。ただ、たとえ何気ない話でも男の人と会話したり、心を許したりするのは未だに無理なようだった。男の人に不意に肩を触られたりすると、圭子はビクッと反応し、あの忌まわしい日の恐怖が如実によみがえってきたのだった。そんなこともあって圭子は大学生になった今、うっすらと「私は一生独身だろうなあ。男の人とまともに付き合ったりできるはずがない」と思い始めていた。一人で生きていけるように、自分が自分の人生に責任を持ってやっていかないといけない……そんな思いを持ちながらの大学生活は他の女の子のそれとは少し違っているように感じていた。

大学生になって友人たちとサークルでも入ろうかと訪ねてみたのが「映画研究サークル」だった。そこで圭子と周は初めておしゃべりをした。圭子は自分の気持ちが少し不思議に思えた。周に対しては、なぜか他の男の人に感じる怖さや警戒心を感じることなく接することができたのだ。

「高橋先輩はいつも穏やかですね。何となく落ち着きます」

「ハハハ　男性と一緒にいる気がしないということだろ。皆、そういうんだよね」

「いや、そういう意味じゃなくて、優しい感じが溢れているというか……」

「いいよ。いいよ。弁解しなくて……それにしても大橋さんはものすごく落ち着いているよね。他の女の子たちみたいにキャピキャピしたところが全くなくて……僕は正直その方が落ち着くよ」

周と圭子はどちらからともなく誘い合い、二人で映画を見たり、車でドライブをしたりして、自然と恋人になっていった。圭子は不思議なくらいに、初めから周にゆったりと自分自身を預けることができた。

圭子が周を初めて自宅に連れていき恋人だと紹介した時に、母親は大粒の涙をこぼしながら……「高橋さん、圭子をよろしくお願いします。本当に良い子なんです。私は……私は圭子の優しさと強さのおかげで自分を保っていられるんです」

圭子は母親の涙ながらのその言葉の意味が分かっていたが、周は少しきょとんとした表情で母親の涙を見ていた。

「おい、よさないか。高橋君がびっくりしているじゃないか。これから遠慮しないでどんどんここに遊びにいらっしゃい。我が家は大歓迎だから」

父親も周の優しい雰囲気に心の底から安堵しているようだった。

そして月日が経ち、二人は結婚した。しばらくして圭子のお腹に咲子が自然に宿った時、圭子は心から神様に感謝した。

「神様、お許しくださるのですか？　あの時の命を見殺しにしてしまった私を……もし許してくださるのであれば、この宿った命を私の一生をかけて大事にします」圭子は何度も何度も祈った。そして咲子が向日葵の咲く暑い夏の朝、この世に生まれた時、周と圭子は我が子の誕生を心から喜んだ。その日の朝の光の眩しさは今でも忘れることはできない。やっと園田の呪縛から解放された気が圭子はしていた。

周から彼の心の秘密を聞いた日から時間が経つにつれ、圭子は、「神様、あなたはあの小さな命を見殺しにしてしまった私を、本当はお許しにはならなかったんですね」と思うようになっていた。周を伴侶に選んだことで、ずっと前からこういうことになるようになっていたんだろう。私と周の二人が出会うことによって、それぞれが持つ心の痛みの種を芽吹かせることなく、心の奥深くに各々が持ち続けることができたのかもしれない。圭子がずっと心の中に一人持ち続けていた憂いの塊を少しずつ融かせてくれたのは、他の誰でもなく紛れもなく周だったように思えてきた。周がどのような気持ちで自分に接してきたとしても、圭子にとってやはり周との出会いは大切なものだった。時間が経つにつれて、どんな形であれ咲子と自分をつなげてくれた周に感謝している自分を知った。自分と咲子、そして周がこれからどういう形で生きていけば良いのか？　冷静に考え始めた圭子がいた。

「大丈夫、大丈夫」と、自分で自分を抱きしめるように圭子は小さな声で呟いていた。たとえ神様がお許しくださらなくても、自分は自分を許してあげる。そして周がずっとついてきた嘘も圭子は許せるような気がしてきた。

咲子の場合　Ⅲ

咲子が春日の誕生日パーティーに顔を出してからずっと、侑子からひっきりなしにラインの連絡があった。

「ねえ、咲子、ちょっと会ってほしいのだけど。ほんの短い時間でいいからどこかで合わない？」

「侑子、ごめん。この頃さ、会社が超忙しくて夜遅くまで残業だし、時間取るのが難しいんだよね」

「一時間くらいでいいんだけど」

「また今度、仕事が落ち着いたら必ず連絡するから」

「咲子、何か勘違いしてない？　春日さんのお宅に行ってから私を避けているでしょ」

「春日さんのことは関係ないよ。本当に忙しいだけだから」

「本当？　そしたら一時間くらい会えるでしょ。会社の近くまで私が行くから」

あまりにしつこい侑子とのやり取りにいささか疲れ始めていた咲子は、「そしたら会社帰り、遅くなってもいいなら一時間くらい時間を作るよ」と返事をした。

「ありがとう。全然それでいいから」


咲子は重い足取りで侑子と待ち合わせしていた渋谷駅に隣接した商業ビルにあるカフェに向かった。渋谷駅周辺は大規模再開発に伴い改修工事が至るところでおこなわれており、町が大きく変貌し始めていた。小さな頃からこの駅に馴染みのある咲子でさえ、今はこの駅の構造がどういうふうになっているのかさっぱり分からなくなっている。仕事で疲れていた咲子はほんの少し話をしたらすぐに帰れるように東横線乗り場に一番近いこの場所を選んだのだった。

「ごめん。忙しいのに無理を言って」

「そう、本当に困ったよ。この頃実際忙しくて残業に休日出勤も重なってへとへとなんだから」咲子はちょっとわざと迷惑そうに侑子に言った。

「咲子がさ、春日さんの家に行った後から、私を避けているように思えて、正直心配しちゃった」

「そんなことはないけど、やっぱり私はああいう派手な世界の人たちは理解できない。あんまり関わりたくないよ、私自身は」

「皆のインスタとか覗いて見てくれた？」

あの日紹介された人たちのインスタを覗くように侑子に言われて見てみたが、皆が皆、判で押したように自分たちの生活のキラキラしたところばかりを切り取ったものをアップしていて、咲子はあまり興味が湧かなかった。

「う〜ん、私には全く関わり合いのない世界だったみたい」

「咲子は本当、現実的というか冒険しないというか……まあ自分の暮らしを変える必要がないってことか」

「確かに、人から見たら面白みのない生活そのものだろうけど、私は私で結構この平穏な生活が居心地がいいのかも。昔から家族ともども、普通が一番だと思って暮らしてきたからね。ところで、急ぎの用って何？」

「咲子、本当に頼みにくいんだけど、少しお金を貸してくれない？」

「お金？　どういうこと？　何か困ったことに巻き込まれているんじゃないの？」

「いや、そういう訳ではないけれど、本当、今がチャンスなの。このチャンスを逃したら私はずっとこのまま変われない」

「春日さん関連の話？　侑子は私の特別な友達だからはっきり言うけど、あの人とは距離を置いた方がいいって」

「はあ？　何を言っているの？　春日さんはすごい人なんだから」

「確かに、私は無知かもしれない。でも何か感じるの。あの人たちは普通じゃないよ」

「普通って何よ、咲子。咲子は、ずっと親たちに守られて今まで生きてきた。でも守ってもらえない人はどうすればいいの？　自分で目の前に来たチャンスを活かしきるしか自分の今の生活を変えることなどできないのよ。咲子が言う普通になりたくてもなれない人は沢山いるのよ、この世の中には」

「侑子……」咲子は侑子が初めて見せるその表情に少しびっくりしていた。

「私、今日こんな話をするつもりじゃなかったけど、ずっと咲子に言いたかったことがある。

　私、咲子のママが大嫌いだった。咲子の家に遊びに行くたびに『侑子ママお元気？』って私に聞いてくるの。小さい頃から苦労知らずに育った私の母が、父の会社の倒産で急に社会にいきなり放り出されて、何一つ満足にできない自分を知ってどんどん心が壊れていく無様な様子を、私は中学生の頃から見せられていたの。他の志成の同級生の親たちは落ちぶれていく私の家族との付き合いをやめてしまったけれど、咲子の家族だけは付き合いを続けてくれた。ただ、私はそれが本当に惨めだったことを咲子は今の今まで感じたことはないでしょ？　小さい頃から一緒に育ってきた他の子たちとはもう違うんだって、咲子の家に行くたびに思い知らされた。でも、唯一の幸せの記憶がなくなるような気がして咲子の家に行くのは止められなかった。何もかもうまくいかなくなってゆく父親に暴力まで振るわれるようになって、少しずつ壊れていく母親のことをどう説明すればいいのよ。私はいつも心の中で『侑子ママお元気？』って聞いてくる咲子のママに『この馬鹿女』って罵っていたの。全く気が付かなかったでしょ？　咲子は」

「……」咲子は侑子から心をえぐるように放たれる言葉をあぜんとした気持ちで聞いていた。確かに中学生の頃、親の仕事の関係で志成に通うのをやめ、公立校に転校していった侑子であったが、そんなにも暮らしがひっ迫していたという話を聞いたのは今日が初めてだった。自分も含め、咲子の家族全員がおっとりしたところはあるが、それが結果として無神経に相手を深く傷つけていた事実を知って愕然としていた。

「侑子……無神経でごめんね。ママは何も悪気はなかったと思う」

「そう、無神経な悪気のない人が一番、弱った人を傷つけるって覚えておいて。意地悪な人の放つ悪口なんて案外かわせるものなの、受け取る方は。

　つまらない話をしちゃったね。こんな話をした後にお金を貸してほしいなんて言えなくなっちゃった。まあ自分で何とかするわ。咲子だけには思い切って頼んでみようと思ったんだけど……」

「大丈夫なの？」

「ほら、その言葉が何か私をいらつかせるんだよ。平気、何とでもなるから。咲子、私正直言うと本当に咲子が羨ましい。良識のあるご両親に愛情いっぱいに育てられて、派手な人たちじゃないけど、堅実に生活している感じがいつもお邪魔するたびにしていたよ。出てくるお菓子や咲子の家で触れるもの一つ一つの全てからまっとうな家の感じが溢れていた。いいなあって。私もこんなしっかりした親に育ててもらいたかったって。親って自分じゃ選べないじゃない。咲子は普通だと思っているだろうけど、普通って意外とずっと続けていくのはすごく難しいんだよ。だから、私が将来自分の子どもを育てる時に、この親に育ててもらって良かったって思ってもらえるように、私が今、頑張るしかないのよ。私の親たちが手放してしまった暮らしを普通って言えるところまで私が戻さなきゃ」

「侑子……そしたらあの春日さんたちのグループには近づいたら駄目だよ」

「咲子、正直言うと私もこの頃少し気付いているの。だけど目の前にぶら下がったものをつかまないと私の暮らしは変わらない。変な話だよね。咲子がまともな人で良かった。私の中に残っている最後の良識のピースだね。それを確認したくて咲子に春日さんを紹介したのかもしれないね」

咲子は黙って侑子の話を聞いた後に思い切って口を開いた。

「侑子……、侑子をまた能天気に傷つけてしまうかもしれないけど、そこまで私を頼ってくれるんだったら、私少し用立てできる。結婚資金にしようと社会人になってからコツコツと今まで貯めてきた二百万くらいなら、明日解約手続きをして侑子に振り込むことができるよ。しばらく結婚なんて考えられないし、少しずつ返してくれればいいから。侑子が分かって前進しているなら、もう何も今は聞かないから。もう前に進むしかないんでしょう?」

「咲子……本当にいいの?」

「もうないと困るんでしょう? 侑子がこんなことを私に頼んだのは、出会って二十年以上経ったけど初めてじゃない」

「咲子……」侑子は咲子の手を握り、「ありがとう、ありがとう」と言ってテーブルに頭をつけて上げようとしなかった。侑子は、咲子の顔をまともに見ることが恥ずかしくてできない様子だった。

「侑子、ただ一つだけ。侑子には春日さんたちみたいになってほしくない。空に近い所に住んで毎日華やかな暮らしをすることは素晴らしいことかもしれないけど、地上に近い方がフットワークが軽くて私たちには合っているんじゃないの？」

佑子はやっと頭を上げてふっと笑った。

「佑子が落ち着いたら、また月島にもんじゃ焼き食べに行こうよ。佑子のおごりで」

「分かった。何を食べてもいいよ。もんじゃ焼きの無限ループでお腹いっぱいになろう」

帰り際、二人はそんな日はもう絶対に来ることはないんじゃないかと、お互いが心の中で思っていた。咲子は佑子の振込先の口座番号が書かれたメモ用紙を大事に持って、佑子が見えなくなるまで手を振り続けた。

「佑子、頑張れ」小学生の頃、「二人でおばあちゃんになるまで一緒にいよう！」と言いながら、毎日手をつないで大きな学校の紋章の描かれたおそろいのランドセルを背中に背負って、校門をくぐっていたことを咲子は懐かしく思い出していた。

周と圭子の場合 Ⅱ

久しぶりに周は我が家に帰ってきた。家に着くとただただ懐かしさと安らぎが自分を包んでゆくのが周には分かった。離れていたのは半年ほどだったが、もっと長く離れていたように思えた。やっぱりここは居心地がいい。そんな思いを感じている周に圭子が声をかけた。

「お帰り。もう半年ほどになるのかな？　私はこの頃、周が家にいないのがたまらなく寂しくなってきた。周、私なりに、ゆっくり一人でこれからの私たち家族について考えてみたの。一番強く思ったのは、私たち二人は何か特別な縁で引き寄せられてここにいるような気がするの。だから、私は周がどんな周であっても一緒に、これからも人生を共に生きていきたいと思っているの。当然、咲子も一緒に。そしてこれから咲子が作っていくかもしれない未来の家族とも一緒に生きていければ最高なんだけど。これはあくまでも私が一人で考えていることだけど」

「私は……そんな言葉を今日、圭子ちゃんからかけてもらえるとは思ってもみなかった。当然、離婚しようと言われると覚悟してきたんだ」

「周、実はね。周から衝撃的な告白をされて、最初はびっくりして『正直私の人生は何なのよ』と腹も立ったけど、周の心を知るために一度、できうる限り周になったつもりで考えてみようと思った。それでじっくり考えてみたら、私もずっと周に秘密にしてきた大事な話がある」

「えっ？」周は唐突に話をしだした圭子に少し戸惑っていた。

「実はね。私は中学生の時に卑劣な男に強姦されて、子どもを宿したことがあるの」

「……」


それから圭子はゆっくりと時間をかけて、周に中学生の頃に自分の身に起きたこと、そしてその悲劇を家族と一緒に乗り越えてきた過酷な時間の経過を、周に偽りなく話した。

「圭子ちゃん、私は今、どう言ってあげればいいのか自分の言葉が見つからない」

「周に秘密にしていたことが私にもあったね。ごめん。そんなことがあった私は、男の人と縁を結んで結婚したり子どもを持ったりする人生は、絶対に無理だろうなあとずっと思っていた。だって大学に入学しても、男の人が近づいてくるとフラッシュバックのようにその時のことが思い出されて、自然と全身がこわばったの。でもサークルで周に会って、周には他の男の人とは違う優しい雰囲気を感じて、私は自然に振る舞えた。そして周を好きになって、咲子を授かった。私には不思議でもあり、そして心から嬉しかった。二人の人生がシンクロしていくのがある意味信じられなかった。奇跡といってもいいくらい、決して大袈裟なことではなかったの。私にとっては。

だから、周がずっと男の人しか好きになれなかったと聞いた時は、最初はただびっくりして、自分でもどうしていいのかパニックになったの。ただ、時間が経つにつれて自分の心にしっかり向き合ってみたら、周の告白は、自分の中で何となく腑に落ちるものがあった。何であんなに男の人が怖かった私が周には何の恐怖も感じずにすんなりと自分を見せることができたのか？　周がずっと持ってきた心の秘密が私との縁を作ってくれたのかもしれないと。ずっとずっと大きな塊になって、私の心の中にどんと居座っていた真っ黒な憂いを溶かしてくれたのは、やはり心の中に秘密を抱えた周だった。二人の中にあった痛みや悲しみが、私たち二人そして咲子が出会うことで少しずつ薄まっていった気が今はしているの。

　そしてどんな形であれ、私にとってかけがえのない咲子を抱かせてくれたのも間違いなく周なのよ。だから、これから少しずつ変わろうとしている周の手を友として握って生きていきたいんだけど、どうかなあ？　中年のおばさん二人が一緒に住んでお互いを支え合っていくなんて、多様性が叫ばれるこれからの時代のちょっとした理想形じゃない？

　ただ、周が好きな男の人ができて、その人と生きていきたいと思う時が来たら、二人の関係の形をまた変えていかなければならなくなるけど。まあ今はいないんでしょ？　特別な人は」

「うん。素敵だなあと好きになってしまった人は正直いたんだけど……振られてしまった。私にはほんの短い恋だった」

「恋かぁ……素敵だね。周に好きな人出来てその恋を素敵だと思える私が居るなんて自分でも不思議な気がするけど。そしたら周に次に特別な人ができるまで家族の形は変えずにいかない？　咲子には、きっかけを見つけて二人で本当のことを話してみようよ。咲子の中で消化するには時間はかかるとは思うけど、あの子も大人だから周や私の痛みや悲しみをいつかは理解できると思う。咲子はああ見えて案外芯は強い子だから」

「私にとってはこれ以上ない理想的な提案だけど。圭子ちゃんは本当にそれでいいの？　無理はしてない？」

「いいも何も、それしか他の道は今は見つからなかった。そして私は、周が男の人しか愛せないと知った今でも、周を完全には嫌いになれないのよ。どんなことが起きてしまっても。人としてあなたを好きなのよ。あなた以外ではこんなにゆったりした時間は作れなかったと思う。そして周には周の人生を生きてほしいと思っている」

「圭子ちゃん……本当にごめん」

周の目には大粒の涙が知らず知らずに溢れてきた。どういう涙か自分でも分からなかった。多分、目の前にいる圭子の人としての大きさに心から感謝していたからだろうと思った。

亡くなった周の母親が生前よく、「お前の一番の親孝行は圭子さんを嫁にもらったこと。あの人は人間として温かいねぇ。私は何の心配もなくあんたを任せていられるよ。咲子というかわいい孫も見せてくれた圭子さんには感謝の念しかないのよ」と言ってくれていたことを思い出した。確かに圭子という人は何と心が大きいのだろうか？　圭子の越えてきた大きな悲しみを今日初めて聞いて、その人としての大きさの理由が周にも少しだけ理解できたような気がしていた。

咲子の場合　Ⅳ

侑子と最後に渋谷で話をして、侑子の口座にお金の振り込みを済ませた後、咲子は自分の仕事のあまりの忙しさに忙殺されてそのことを忘れ始めていた。ようやく抱えていた仕事が一段落して、今日はゆっくりと家で寛ごうとソファーに寝っ転がりながらぼんやりとテレビを見ていた咲子は、画面に大きく映し出された男の顔を見て腰を抜かすほど驚いた。布でかろうじて隠されてはいるものの明らかに両手に手錠をかけられて警視庁渋谷署の中に連行されていくのは、あの晴海のタワマンで会った春日涼だった。春日は、詰めかけた報道陣のカメラの放列にしっかりと自分の目線を合わせて、テレビのフレームの中に悪びれもせず堂々とおさまっていた。

咲子はテレビの音量を上げてじっくりとニュースに耳を傾けた。それによると仮想通貨を悪用した巨額詐欺事件として、長い間警視庁捜査二課がマークしていた首謀者である春日涼こと鈴木一が潜伏先の沖縄で捕まり、本日東京に移送されてきたと、アナウンサーは少し興奮気味に繰り返し原稿を読み上げていた。そのニュースの情報によると、実際には全く価値のない独自の仮想通貨「エスペランサ・コイン」への投資話を持ちかけ、被害者は全国で二千人、被害総額は四百億円にのぼるのではないかとのことだった。

「やっぱり」咲子はあの舞台装置のような現実離れした部屋で春日を紹介された時、自分の中に感じた大きな違和感を今さらながら思い返していた。

テレビやネットニュースに次々とあがってくる情報によると、春日たちの詐欺行為の実態が少しずつ暴かれているとのことだった。スペイン語の希望という意味から名付けられたというエスペランサ・コインは、今は全く無名の仮想通貨だが、一年以内に上場すればその価値は二十倍にも三十倍にも跳ね上がると、ＳＮＳを大々的に利用して二十代から三十代前半の若者たちを積極的に勧誘していた。昨今の流行りの通り、百名程度のインフルエンサーと呼ばれる者たちがこの犯罪集団の下部組織に置かれ、投資に興味がありそうな若者たちをエスペランサ・コインの顧客にさせる役目も担っていた。その中には自分が犯罪に関わっていた自覚さえなく、ただ単に春日たちの手先にされていた者たちも多数いたようで、実際犯罪に加担していた者との線引きが難しく、警察は実態を正確に把握するために全力をあげているとのことだった。将来は世界規模に展開するからと高らかに謳っていたが、そもそも業務実態など全くないに等しく、全てが人集めの絵空事だったようだ。この「エスペランサ・コイン」という名の仮想通貨は、実際には全く架空のものであり、投資の成功を信じて購入した顧客には、パソコンやスマホ画面上で口座の残高を表示するという極めて稚拙なシステムであった。

そして顧客を安心させる餌として、たまに口座の評価金額を意図的に増やす表示もしていたようだ。その上、春日の下についていた、いわゆるインフルエンサーたちのSNS上で「預けていた金額がこの短期間で十倍になった、二十倍になった。まだまだ上り調子だから、今は売って換金するのは損だ」と写真付きで拡散させることで既存の顧客をつなぎ留めておくと共に新しい顧客を獲得していったらしい。真相の全貌究明にはまだまだ時間がかかるらしく、なかなか全てを話さない春日涼こと鈴木一の供述を、丁寧に積み上げる捜査をしているということだった。

「侑子、今、どこにいるの？」咲子は侑子にラインを何度も入れてみたが、二日経っても、三日経っても返事はおろか既読にすらならなかった。

咲子は時間が経つにつれ、頭の隅で何となくもう二度と侑子から自分に連絡が入ることはないかもしれないと思い始めた。貸した二百万円も気にならないと言えば嘘になるが、侑子が追い詰められて自ら死を選んだりせずに、とにかく生き続けてくれることだけを心から願った。

「侑子、死んだりしないで生きていて！　そしていつか自分の口で話してほしい」返信が来るはずのないメッセージを何度も侑子に送った。今、侑子は咲子が想像もつかない絶望の中に居るのだろう。

咲子は侑子から言われた「ずっと普通に生きるって案外難しいのよ」という言葉を、テレビから連日流れてくる春日たちのニュースを聞きながら小さい声で呟いた。

周・圭子・咲子の場合

長期出張で家を空けていたと母親から聞かされていた父親が、以前と全く雰囲気を変えて突然自分の目の前に現れたことに、咲子は正直面くらっていた。もし外で会ったとしたら父親とは全く判らなかっただろう。

「パパ？　パパなの？　仮装大会か何かに出場でもするの？　その変身振りは何なの？」

「面白いことを言うね、咲子は」

母親の圭子がくすりと笑いながら、咲子をソファーに座らせた。

「咲子ちゃん、これから私たち二人から言うことをゆっくり聞いてほしいの。多分咲子にはびっくりすることでなかなか受け入れられないと思うけど、咲子にもじっくり考えてもらって、最後にはパパやママの気持ちを少しでも分かってくれたらと思っているの」

「どういう話？」咲子は目の前にいる二人の妙に落ち着いた様子と、父親の出で立ちがあまりにちぐはぐで不思議な気持ちを感じていた。

周がゆっくりと話し出した。

「定年までもう時間がないと思った時、わがままにも残りの人生を自分のために生きても許されるんじゃないかと私は思ってしまったの」

「パパ、話し方が少し変わったね」

「実はね、パパは……私はずっと子どもの頃から男の人しか好きになれなかったの。本当は女性として自分の人生を歩みたかったの」

「え？　えっ？　パパが？」

「そう、私が。

ただ、大学生の時にママに出会って自分のそれから先の人生を考えたら、この人を逃したらもう普通に……人並みに生きていくのは難しいと思ってしまったの。正直言うと。

そして普通の男の人のように振る舞ってママと結婚して咲子が生まれた。私は、本当にずるいの。自分の心の中の声にはっきりと気付いていたのに、ママには黙って、自分の心に蓋をして普通の男の人として生きていくことを選んだの。私にとっては今でも、そして出会った時からずっと、二人はかけがえのない一番の宝物。だけどやっぱり死ぬ時には自分の心の蓋をはずしてから死にたいと思うわがままな自分が顔を出して、初めてママに話をしたの」

「ママ……ママはパパの変化にこれからついてゆけるの？」

咲子は大きな目に涙をいっぱいためて圭子をじっと見ながら聞いてきた。

「実はね、パパからこの話を聞いたのはもう六カ月くらい前なの。私も最初は大混乱して、自分の心は大パニックになった。パパと出会った頃や結婚した時、そして咲子が生まれた時……思い出が次々に思い出されて、それが全て嘘だったのかと絶望したのよ。正直、本当に苦しかった。でもパパが家から離れてから一人になって考えてみたら、やっぱり三人で作ってきた時間は、パパの中に心の秘密があったとしても、紛れもない三人の大切な時間だったって気付いたの。そしてもう一つ、ママがなぜパパに惹かれたのかというママ側の事実も、咲子にはこの際話しておく必要があると思ったの。咲子には辛い話が続くし、悲し過ぎて聞きたくないと思ったらいつでもここを離れてくれていいから。私たちは咲子の気持ちが一番大切だから」

「えっ、パパが男の人が好きっていう以上にショックな話ってあるの？」

「私にはどちらが咲子にとって辛い話なのか分からない。でもパパとママの出会いには意味があったということ、そして私たち二人が必然的に結ばれたということを咲子にはできれば分かってほしかったから、この話はしないといけないと思うの」

圭子は丁寧に中学生の時の自分に起こった事実とそれからの自分の心の変化を正直に、何も隠すことなく話した。話しながら自分でも不思議なくらいに落ち着いているのを圭子自身が感じていた。「私は下劣なあの男との間に起こったことをちゃんと乗り越えられたのだ」と、遠い過去のこととして咲子に話せている自分を静かに感じていた。

「ママ……そんな大変なことに巻き込まれていたんだ。正直、ママって能天気なところがあるから、小さい頃から何の挫折もなくまわりの人たちに守られて苦労知らずに育ってきた人だと私は思っていたの。何にも知らなかったね。ママのこと……」

周の話や自分の過去の話を立て続けにしたのを聞いた咲子は、彼女自身の中でどう解釈すればいいのか迷っているように圭子には見えた。絶え間なく涙を流す娘を見て、申し訳なさでいっぱいになった。

「咲子ちゃん、ごめんね。こんな話を次々と聞かされても困るよね。でもね、私たち二人が咲子という存在を今までどれだけ大切に思ってきたかということだけは分かってほしい。どんな形にパパとママが変わっていったとしても、咲子に対する気持ちだけは、これまでもそしてこれから先も決して変わることがないことなのよ」

「うん……」

咲子はうなだれた頭をやっと上げて、二人を見て頷いた。

「そしてこれから先どうするの？　パパとママは？」

「これから先どうなるかははっきりとは分からないけれど、やっぱり私たち二人は手を取り合って一緒に生きていきたいなと思っているのよ、今のところはね」

「……」

「咲子も一緒に私たちと家族として生きていってほしいとは思っている。それを決めるのは咲子ちゃん、あなた自身よ」

「正直、何が何だか分からないというのが今の気持ち。少し考えてみてもいい?」

「当然よ。ゆっくり時間をかけて考えてみてね」

咲子は全ての血が頭にのぼってきているような気がして、自分がカッと熱くなっているのを感じた。

「一人になって少し考えてくるね。遅くなっても心配しないで、朝までにはここに帰ってくるから」

「分かった。咲子ちゃん本当にごめんね。私たちの問題にあなたまで巻き込んで」

咲子が外に出ると、天気予報の通り小雨が降り出していた。「こんな時ばかり天気予報が当たるんだ。いつもはもれなく外れるくせに」咲子は誰にあたっていいのか分からない何となくむしゃくしゃするような気持ちになった。自分の熱くなった頭をリセットするため、どこに向かえばいいのか……両親のこと、侑子のこと、次々と自分の周りで勝手に起こる変化にかなり戸惑いを感じていた。

そう言えば今年の七赤金星の運気は良くないらしいし、この間ひいたおみくじも大凶だったことを咲子はふと思い出した。天災級の出来事にみまわれたような重い気持ちになった。少し雨に濡れながら歩いてみるか。距離はあるけど自由ヶ丘のカフェバーまでゆっくり歩いてみようと思った。「小雨のままでありますように！」というのが今の咲子の願いだった。しかし、咲子の願いが無視されたかのように、歩くほどに夜の雨足は激しくなりつつあった。

シャロームを探して

日本中が初めてラグビーというスポーツに熱狂した翌年、東京で二度目の五輪が開かれるはずの二〇二〇年が明けてしばらくすると世界は一変した。中国の武漢から始まった新型コロナウイルスが世界中で流行し、パンデミックを起こして正体不明のウイルスの恐怖に人々は大きく動揺した。街という街から人の姿が消え、二十一世紀に非現実的とも思える現実世界が広がった。最初は、二〜三カ月で終わるだろうと楽観的に考えられていた正体の解らないウイルスと人間との対決は、一年、二年と続き、終わりが見えなかった。その神が与えたとも考えられる天災は人間の上にはびこって居座ることを決めたようだった。

「全く、いつまで続くのかしらね。このコロナとやら、もういい加減にしてほしい」

「本当にそうだよね。もう皆、限界だよね。うんざりするわ」

「ところで、周は今日もリモート？」

「そう。私は午前中リモート会議があって、少し事務的な手続きを済ませたら午後は比較的時間が取れそうだわ」

「それなら、咲子も誘って少しドライブでもして、気分転換しない？」

コロナがパンデミックになる以前、周と咲子が各々の秘密を全て娘に包み隠さず話してから少し後に、周の母親が残してくれた横浜の家が思いもかけず高値で売却でき、そのお金を緑が丘で見つけた中古のマンションの購入に充てた。それは、将来どういう家族の形に変化していくか分からない周と圭子の生活の逃げ場を確保することも意味していた。

咲子に二人の話をしてしばらく時間が経過してから、「パパとママの生活に自分の心が寄り添えるのは少しまとまった時間が必要だから、一人で暮らしたい」との提案を咲子から受けていた。それなら緑が丘のマンションなら家賃もかからないし、咲子が一人で住めばいいと周と圭子は提案し、咲子は一人暮らしを始めていた。実家からも少し無理をすれば徒歩でも行ける距離だった。

「咲子にはさっき予定を聞いたら、午後からなら時間が取れそうだって」

「家にいるだけだと鬱々としちゃうから、ドライブして街並みを眺めるだけでも少し気分が変わるかもね」

周と圭子の生活は、傍から見れば二人の中年女性の友達同士が同居しているような形になっていた。

都会での生活はこういう時には本当に便利だ。周が女性として生きていこうと姿形を変えても、隣人の人たちは誰も無関心で全く問題がなかった。地方ならそうはいかないであろう。コロナ禍で周の仕事がリモートに切り替えられたのも周には大きかった。誰にも遠慮せずに女性としての時間をどんどん作っていくことができた。

「パパ、化粧が上手になってきたね。本当に女の人にしか見えないよ。私にはこれから二人の母親がいるってことだね。でも私がパパって呼ぶことはしばらくは変えないでいい?

実はね、小さい頃から何となくパパの方に母性を感じていたの。私の感覚は今となってはなかなかのものだったということね（笑）」

「久しぶりに顔を出したと思ったら言いたい放題だわ。咲子は」

周は、咲子のあけすけな言いっぷりに思わず笑いつつも幸せを感じていた。

「まあ、これでも私なりにいろいろと考えてきたんだから、お二人さん。これくらいは大目に見てよ。そう言えば、この前広尾の高泉寺で友達と気分転換するために座禅を組んできたの。そこの住職が『把手共行』という言葉について話をしてくれた。人って手を取り合って共に進んでいく存在が人生の中では必要だろうって。パパたちが話をしてくれた時は本当にびっくりしたし、何で私まで巻き込むのかと二人を拒否する気持ちがなかったと言えば嘘になると思う。でもね、少しずつ時間が経って、パパとママが小さい頃から私に作ってくれた時間を思い出してみたら、本当に良い時間しか思い出せなかった。パパとママは、私のために自分の気持ちの深いところを犠牲にしてくれていたんでしょ？　だから……これからの時間は思い残すことなく弾けちゃってください。私も応援することにしたの。これからのパパたちの前に広がる時間を。やっぱり、パパとママと私は手を取り合って前に進む存在でしょ？」

「咲子……ありがとう。圭子ちゃんも咲子も私のわがままを許してくれて」

「許すか……ちょっとその言葉は違うかな」

圭子は首をひねった。

「正直、今でも解らない、周の心は。周の心を知るために周になって考えてみようとしてみたけど、やっぱり解らなかった。だから周の心を解ろうなんてことはやめにした。そもそも周の気持ちを周と同じように解るなんてありえないよね。私たちは同じ人間じゃないんだから。それに人間は、場合によっては自分自身の心も解らなくなることだってあるよね。だから私の心を私自身が正確に言葉にするのも難しいのよ。本当にどう言えば良いのかなあ？」

「本当に圭子ちゃんと咲子に私は感謝している。その感謝を言葉でどう伝えて良いのか判らない。確かに圭子ちゃんが言うように自分の心を相手に伝えることは難しいよね。

実はね、私がたまに行く『シャローム』という名前のバーが新宿にあるんだけど。そこの主人が、シャロームというのはヘブライ語で絶対的理想郷を意味すると教えてくれたんだ。そこの主人との出会いが、私が子どもの頃からずっと抱えていた心の不安を解き放ってくれたの。私は、圭子ちゃんと咲子には、これからの自分の人生は自分なりのシャロームがあると信じて生きていってほしいと願っている。あなたたち二人が生きたいように生きるのが一番大切なことのように思っているの。大切な自分自身の人生だから」

「シャロームかぁ……その場所が周の本当の自分を解放するきっかけを作ってくれたんだね。私もいつかその店に行ってみたいな」

「うん。行こうよ。そこの主人を圭子ちゃんにも紹介するよ」

「ちょっと昼間からかなりシリアスな話になっちゃったね。重い話はここらへんにして、ドライブに行こうよ。コロナのせいでなかなか三人で会えなくて少し気が滅入っているんだから、明るい話をしながら街を見てみよう」圭子が提案した。

「今日は誘ってもらって良かった。いい気分転換になる！」

「遠出じゃなくても少し三人で東京の街を車で走ってみよう……」

　街は本当に静かだった。どこに行っても人が歩いていない。三人は不思議な感覚で車窓に広がる街の様子をそれぞれの気持ちで眺めていた。

「東京じゃないみたいだね。人はどこに行ったんだろう？」

「家の中でじっとしているんでしょうけど、こんなに街が静かだとは思いもしなかった」

昼間の街を歩いている人数を一人、二人と数えることができる銀座の目抜き通り、こんな景色が一体いつまで続くのかと思いながら圭子は車をあてもなく走らせた。

「ねえ、このまま築地を通って豊洲の方に行ってくれる？　オリンピック会場がその後どうなっているか見てみたい」咲子が提案した。

当初二〇二〇年に開催されるはずだった東京オリンピックはこのコロナ騒動でオリンピック史上初めて一年間延期される措置が取られたうえ、最終的には無観客での開催だった。何気ない日常の全てが人々の指先からどんどんこぼれ出すような感覚だった。咲子はふと窓の外に、侑子と一緒に訪れたあの春日涼と会ったマンションを見つけた。

「私、侑子の知り合いに会うためにこのマンションの最上階に行ったことがある」

「すごいわね！　この辺りのマンションの特集をこの前テレビでやっていたけど、最上階なんて一体いくらするの？　もちろん、すごい値段でしょうけど」

「うん。本当にすごかった。内装も設備も何もかも。でもね、何となく居心地が悪くて全く楽しめなかった」

「何となく分かる気がするわ。人ってあんまり高い所に住むと精神衛生上良くないような気がする。特に子どもたちには」

「やはり鳥と人とは構造的に違うということでしょう？　人は土に近い所で生きていく方が安心じゃないかな」

周と圭子がマスク越しにいろいろと話をしているのをじっと聞いていた咲子は、侑子が以前言っていたことをぼんやりと思い出していた。

「普通に生きていくことをずっと続けていくことは難しいのよ」

そう言っていた侑子が普通の代表だと固く思っていた咲子の両親も、その実態は、父親は性的マイノリティの問題を小さい頃から抱え、一方の母親は大人への入り口の段階で壮絶な性的体験をしていた。一番身近にいた二人を見ても、普通に生きるって一体どういうことなのかと咲子は思う。コロナという百年に一度とも言われる天災を経験している今、咲子はこのことについてよく考えることがある。

ＳＮＳに溢れかえる不自然に色のついた日常、「いいね」のボタンを押されることを強要している絵空事の世界に一体何の価値があるというのか。朝目覚めて、歯を磨き、食事をし、隣にいる人と会話をし、たまに衝突する毎日をやり過ごす。一見、価値など何もないように思えるただただ過ぎていく日常を生きていくことが、実は一番難しく尊いことなのかもしれない。自分にとって大切なものは、自分の大切な人たちとのこのささやかな日常なのかもしれないと感じていた。そして、コロナによって、この非日常と化した街を見るのはそろそろやめにしたいと思いながら、薄暮れの東京をボーッと眺めていた。車窓から季節の変わる合図のような生暖かい風が入ってきた。時間はこんな時もちゃんと刻まれている。

侑子とは連絡はもう二度と取れないかもしれないと思っていた時、実家に届いていた侑子からの手紙を渡されて咲子は少し驚いた。実家から緑が丘のマンションに戻り、急いで封を切り中身を読んだ。見覚えのある特徴的な丸文字を見て、「生きていてくれたんだ」と心底ホッとした。

咲子へ

連絡が随分遅くなってしまったことを許してください。今、私は石巻にいます。自分が春日の事件から沢山抱えてしまった借金をどうすれば良いのか分からず途方にくれ、しばらくは自分で死ぬことばかりを考えていた日々でした。

眠れないまま朝が来て、ふと自分の人生の最後が近いならばと、十年以上が経過した今でもまだまだ問題が多く残ると言われていた東北の復興を自分の目で見てみたいと思い立ち、その日のうちに東北へと旅立ちました。そしていくつかの土地を巡り、石巻まで一人来てみました。その場所で出会う人たちの力強さに心から驚き自分の馬鹿さ加減にやっと気付くことができたの。あんなひどい天災にあい、自分の大切な人や思い出の全てを無くした人々が、その失意の中でこんなにも力強く生きていく姿を見て、私の甘ったるい馬鹿な考えが心から恥ずかしくなったの。苦しんでいるのは自分だけでないと思い知り、自分が抱えている不安はあまりにも小さいものだと思い知らされました。最後に辿り着いた石巻の復興会館のボランティアの人たちとご縁があり仕事を紹介してもらい、しばらく石巻に腰を据えることにしました。そして今もその仕事を続けています。咲子が貸してくれた二百万円も含め、自分で作った五百万円を超える借金から絶対に逃げずに、少しずつでもどんなことをしても返していく覚悟がやっとできました。覚悟するのが遅いよと咲子からのつっこみが聞こえてきそうだけど……。少し時間はかかるとは思いますが、咲子、どうか待っていてください。

自然の中に居ると自分の小ささが身に染みます。地道に生きてゆくことの尊さを感じながら毎日を過ごしています。唯一友達として残ってくれた咲子に認めてもらうような人生をここで作ってみたいと思います。石巻は東京に比べて空が広く感じます。空を眺めていると咲子と子どもの頃、学校帰りにランドセルを枕にして寝そべり、雲に名前をつけ遊んだことを思い出しました。そう言えば私にとってのいい思い出は、いつも隣に咲子がいてくれた。今回のことも、時が過ぎたら咲子との苦いけど良い思い出にできるように、精いっぱい頑張ろうと思っています。今月から本当に少ない額で申し訳ないけど咲子の口座に振り込みます。金額を増やせるように頑張るね。本当に心配と迷惑をかけました。本当にいろいろとありがとう。また連絡します。咲子に会える日を夢見ています。もんじゃ焼きの無限ループの約束絶対に果たそうね！

侑子より

咲子は手紙を読み終えると心から安堵していた。「侑子、ありがとう。生きていてくれて。また会える日が必ず来るね」自分の心の中に広がる温かい気持ちを感じながら、咲子は手紙を置いた。

中年になって自分の心の内をカミングアウトした父の周、中学生時代に悲惨な体験をした母の圭子、夢を求めて詐欺にはまって多額の借金を背負った親友の侑子、それぞれが自分なりの理想郷・シャロームを探しながら懸命に生きている。咲子はふと自分の人生はこれからどんな形で続いていくのかと思いながら、自分だけのシャロームを探す旅に想いを馳せていた。

著者プロフィール

杉浦 翠（すぎうら みどり）

長崎市生まれ
日本女子大学　人間社会学部　心理学科卒
同大学　武井梅野奨学金　受領
三菱工業株式会社　入社
メキシコ合衆国滞在（4年間、於メキシコシティ）
日本文化　特に能楽及び着物の世界をこよなく愛す

シャロームを探して

2025年2月10日　初版第1刷発行

著　者　杉浦 翠
発行者　瓜谷 綱延
発行所　株式会社文芸社
〒160-0022　東京都新宿区新宿1－10－1
電話　03-5369-3060（代表）
03-5369-2299（販売）

印刷所　TOPPANクロレ株式会社

ISBN978-4-286-26162-1